歌集

裸眼

川本千栄

Kawamoto Chie

角川書店

裸眼＊目次

第一章（二〇一一〜二〇一三）

第二章（二〇二三）

装幀　神田昇和

歌集　裸眼

川本千栄

第一章（二〇二一〜二〇二二）

最初から

螢烏賊オリーブオイルに浮いているどうにもならない午後十一時

もう一度はい最初から一、二、三　壊れたものは壊れたままで

やめること怖れる自分を変えられず働き続け続けてその先

担任の仕事に憑かれ酔っていた　生徒の悩みに涙する時

四隅を押さえられててオセロ盤白い思い出もパチンと黒へ

平和的

二〇二一年一月六日、米国の次期大統領を正式に選出する上下両院合同会議が行われていた連邦議会議事堂に、トランプ大統領の支持者が多数侵入した。トランプ大統領は、Twitter（現X）で支持者にメッセージを送り続けていた。

「あなたの苦しみが分かる。あなたが傷ついたのを知っている。選挙は盗まれた。大勝したと皆知っている。」

盗まれた　あると信じていたものを無かったのならこの混乱は何

「しかし今は家に帰るべき時だ。我々は平和的でなければならない。愛している。あなたたちはとても特別だ。」

遠い遠い所を差している指よこれは現実ぼんやり泣いた

蝕むという字が怖い日を月を地を蝕んで動きゆくもの

食卓はゆがんで寄せるさざ浪の海から採れた汁をすすった

水道管が凍ったままで洗えない君と私を二人の垢を

iPhone 12（トゥエルブ）買って喜ばす子供はこの生（よ）の錘であれば

「連邦議会議事堂に対する凶悪な攻撃について話したい。全ての米国人と同様、私はこの暴力、無法状態、騒乱に憤慨している。」

全てフェイク偽物だらけ献身のつもりで自分を騙してきたのだ

感情に名前は無くて息を吸い吐くのが怖い爪まで震う

「暴力と破壊に関わった者たちは我々の国を代表していない。法律を破った者たちへ。あなたたちは代償を支払うだろう。」
一度見た門の記憶は消えなくてケルベロスの舌はっきり匂う

心が痛いなどという嘘　痛むのは背中と肺と首の奥処だ

ひっくり返された虫が手足を動かしているように手足動かしている

登ったら降りねばならない植えたなら刈らねばならない朝顔を抜く

「ありがとう。皆さんに神の祝福を。アメリカに神の祝福を。」

小さな私

マトリョーシカ　君が外側壊してもよく似た私走り出て来る

息切らしむげんむげんに出て来るよ私の命が続く限りは

胴体がパチンと割れて同じ顔苦しんだこと無かったように

よく見てね小さくなるほど歪んでく私の笑顔に描いた唇

咲き誇る花瓶の花は死んだ花　下に小さな私を飾って

大輪の百合の匂いにつぶされる描かなかった鼻いいよもういい

いつまでも目が赤いのは花粉なのそむけた顔をのぞかないでね

偽の城

伏見北堀公園　伏見城の遺構

水淀み杜若咲く　犬を連れ子供を連れて人らは歩む

伏見桃山城運動公園　伏見城を模して造られた城

芝生にはバドミントンの羽根を待ちラケット構える子供その親

待って待ってと走る子供ら親といることうれしくてひたすら笑う

立入禁止の黄色に巻かれ脆弱な昭和の城よ住んだ人無く

子を宿すことひたすらに競い合う秀吉の三百人の側室

「関白が彼女たちに、彼ら伴天連らを見たければ出てくるがよいと許可を与えたところ、かなりの人数の女たちが姿を現わした」ルイス・フロイス『日本史』

歴史には名前残らぬ女たち互いの息のかかる近さに

何が欲しかったの黒百合並べ置き　花首だけの一輪のため

二十年近く、伏見桃山城が窓から見える部屋で暮らしている

たった一人ずっと一人で夜だろう守宮は吸盤のみ窓にいる

君はそこにいるのにいないこの髪に触れてくる手は手首しか無い

にせの城眺めて過ごした日々のことベランダにいつも植えて朝顔

屋内

あかあかとあかときひとを打ち続く夢に醒めたりひどく渇いて

肉片のような下着が積まれてる洗濯かごって冷たいままで

私といて楽しいですか白木蓮まっさらな不幸の中なのですか

君は君の心を話してくれぬから枝垂桜が走り去るから

抱いた右振りほどいたりしないけど左手は私の知らない宙(そら)に

誰の手を離したんだろうあの淵にあれは落ちて行く私の手だった

屋外

蛇口一つ廃園の隅に立っている取っ手のハンドル部分ももがれ

使い道分からぬブロック転がって茶色い鉄筋はみ出している

腫れたのど腫れが塞いでいくのどで君の名前を呼んだのだった

釣り上げられ小さなバケツに入れられてあの宙吊りの苦しさ忘れる

唇(くち)の奥針の貫く傷があるしっぽ折り曲げバケツに沿わす

何も失ってないと自分に言い聞かす何も持ってない指を開いて

池

花柄の枕に肩をもたせかけ壁なんだなって思っていたよ

手で掬うように心を掬いたい小さな魚逃げて行くだけ

本当なんだと君が言った夜全身の肉ひとつずつ切断されて

ありがとうもう行くからと耳は聞き下水に薔薇の花びらを捨つ

死別より辛い別れはきっとある顔のまなかを斬られるように

そして二度とのどが潤うことはない硬いマスクを池で洗った

川

不在に目閉じれば揺れる蝶形骨かつてやさしい声だったこと

膝を折り両手つきゆく水辺には私ではない花が咲いている

君の腕肩から外して捨てました岸辺の草の中に埋もれる

半顔は水の中にて祝祭に似た鳥の声頭上に流れ

藻に巻かれ川を流れて行くだろう死ぬまでに一度死にたい身体

水だったらよかったのに言葉にはもう戻れない冷たさばかり

霧の中で老いてしまえば忘れるよ釘打つように愛したことも

かたつむり

小雨降る通天橋を見上げてる　東福寺には別院あまた

産まれなかった子が二人いるかたつむりのように私と君の間に

かわいそうなかたつむりたちもしかしたら私一人の子であったかも

重い業務はずしてもらえば去って行った二番目の子　守ってくれた

安定と言われたすぐ後去って行った三番目の子　名前もつけたが

聞き覚えある経の言葉に手を合わす小さな小さな仏になって

雨の庭にはっきり咲いてた花があるそれが何だか思い出せない

蔓

カレンダーのひまわりの縁がぼやけてきて泣きたいけれど泣けないでいる

もういない人の体臭かぎわけて樹液は夏の櫟林の

棒切れに過ぎないものと処理されるわが感情をヤブカラシ巻く

電線を覆い巻き行く蔓草の緑が濃すぎて空が見えない

巻きつけるものがなければ枯れるだけ顔花の間（あい）蔓垂れ下がる

火

夜という三面鏡を開くのは耳も目も無い横顔だった

指先の切れた手袋脱いでゆく一本一本指をはずして

そうだよと君が言うたび捨てられる絵葉書たちのモノクロの嵩

望まずに火の中にいたことがある進むことも退くこともできずに

バーナーで顔を焙られ全身に燃え盛る松明を捺されて

身動きのできないままに薪として焼（く）べられてゆく百もの歌に

盗んだものを壊して戻してくる人よ黒い何かのように黙って

割れたままもう直せない　縦笛のような声だと思っていたこと

盗み盗み盗んだ果てに捨ててゆく藁に緊められ血の凝る臓

護られてキッシュを焼いているのだろう華麗な語彙を具材に載せて

胴体は安全な地の上にあるやさしい人を横に座らせ

それを願っているのは私おんなじだ発狂の末衰える楡

平日の午後の公園　ベンチにはまなこ潰れた形代置かれる

木の枝にびっしりといる椋鳥は鳴かず左右に首を動かす

泡も浮く君の唾液のなか泳ぐ白い魚がいたのだ／いるのだ

あの白い魚が石に産みつけて孵る卵のどれもどれも蛭

白い臭気放ちながらに蛭は言う滝にも行った洞にも行った

何もかも見ていたはずの椋鳥の群れに銀貨をユダの銀貨を

楠の枝ひび割れながら苔むして長い月日を苦悶の形

神の手は遅い　この目で決着を私が見ないというのであれば

野火のように拡がって行け真実よ私を焼くならお前も滅べ

音

まだ真実を知らなかった頃の自分がいて写真の中で写真を撮ってる

桔梗ぽんと咲いて秘密を吐き出したFair（きれい） is（は） foul（きたない） 何事も無し

狂っても大事にすると言ってくれネジを巻いても動かぬ時計

ジョン・ロットンに汚く編曲(アレンジ)してほしい四人で踊るテネシー・ワルツ

終わらせる音が欲しいのだ叩きつけネックを折ったギターのような

おしまいはいつも一人だ一人きりじゃあねと言った一人の家で

北からの風

海までの道に汚れた雪を積み息吐いて北の人は行き交う

遠くから見れば動かぬ海だった態度は心を映すことなく

オーロラを一生見ないままだろう君の隣で歌を評して

君の貼る付箋の横に付箋貼り息揃え一首読むようにいる

微笑んで並んで立っているけれどパセリのように葉先は丸め

えびの身はするりと剝けてかにの身はばらばらになる君は笑った

ねっとりと海老の脳食べ思い出す遠い口づけ　唾液はのどを

一緒にいればいるほど寂しくなってくる日蝕に声を失くす鳥たち

爪先立ちで私を待っていた人はもういない　砂の毛布で眠れ

カーテンの向こうの運河眠剤に降る雪君の寝息にも降る

夜は醒めて一人本読む　運河から聞こえる軟体動物の声

海水が九淡水が一という運河は淡水魚たちの墓だ

口を閉じ炎守って生きている藻のように揺れる神経の束

ガラス器の沈黙の中アルコールランプの芯は自分を燃やす

水晶が光を捨てる瞬間に君を見失いまた見失う

木の串に三つの鳥の頭骨が　風に捧げた祈りをなぞる

頭骨の目は深い穴底いから蔓植物の花射るように咲く

ポロト湖よ熊棲む森の冬枯れの木に文様を彫って生きたし

白樺の骨のみの枝を風が抜け君よいっしょに立ち止まってくれ

君が一緒に憎んでくれれば抜けられる　湖（うみ）に吹く風北からの風

これが最後といつも思ってする会話春の疎林に葉はまだあらず

鉄の街紙の街ガラスの街過ぎて空へと続く駅に走った

目を閉じればとなりの君が遠かった針より細い空の時間に

どうしても埋まらないのは機窓から雲までの距離雲は氷で

川(ベツ)幾つ濁る緑の血管が大地の白い胸を流れる

海へ至るまで幾たびも湾曲し苦しんでのたうって水は

手づかみで引きずり出された内臓が冬の沖へと捨てられていく

雲に映る機影を囲む全円の虹よ私も光っていいか

大地の皺のように山脈刻まれて谷の総てが影としてある

ねじれの位置に飛行機一機降りてゆく何十年後かに着地せよさらば

庭

紅くなる前に桜の葉は散って山の奥から鳥の声する

二度三度秋に騙され金木犀金木犀の香りに香る

古傷になりきらなくて茎を折り盛り上がる白い草の汁ほど

知らなくて良かったことなど何も無くこの真実を木に打ちつける

コンクリートの壁に爪先突き立てた空蟬　背は閉じてやれない

不安過ぎて眠くなってゆく風吹けば裏山の竹左右に揺れて

海

寅年の獅子座　動物占いは狼　軍神火星(マルス)が守護星

強い人と他人(ひと)に思われ強い人と自分も思ったあの時までは

真闇から雪が匂うよ手を伸ばし肉で外気に触れたのだった

身体だけゆっくり落ちていきながら蔑されたこと考えていた

人形は目を瞑らない横にして布団をかけて眠らすふりを

本当のことを言うため言わないでいること幾つ臓腑を抉る

裸眼で見る海の底にんげんの心の底のように荒んで

心の痛みが身体の痛みを越えてゆく髪なぶられて波に漂う

ヒレうろこ鳥の体毛こころとろかせる愛撫の記憶沈めて

息さえも湿って凍る波のなか君の手のひらだけ暖かい

樽に身を縛り付けメールシュトレーム浮き上がるのだ目を見開けよ

善

イメージで歌を詠むなと叱りし人いまだ健脚わが前を行く

物が具体が語ると教えた善き人ら石垣を積むように歌詠む

アルゴリズムには人間の意志が入っていた山茶花は散りそののち枯れる

ああきれい夜景がきれいこの夜景見ながら君と二十年来た

この家に子供がいたのはもう昔　子供は抱けば肉柔らかい

二十歳　生まれてくれてありがとう日記の中にだけ言っておく

手すり

一つ咲けばいたいほど咲く朝顔の無かったことにはできない蔓は

朝顔のように手を伸ぶ　身体にはつかまる手すりがどこにも無かった

君と二人枯れた朝顔取り除く歳末の夕曇天の下

四五年を私の朝顔についていていたカイガラムシの今年は見えず

蔓を捨て時間を捨ててもう一度二人で春の球根埋める

信

会う度に残り寿命は減っていく私に研がれて蠟梅の花

スコップを垂直に土に突き立てる睡ったままでも良かったのだ芽は

水底に溜まった私の醜さが死んだ魚のよう浮き上がる

狂ってしまえば楽だったろうオフィリアのスカートは薄汚れたダリア

見捨てられ不安再び湧いてきてナナホシテントウぱっと飛び立つ

信頼は一生（ひとよ）に一度だけのことそれでも（雷雨）生きるしかない

房総

物流倉庫ばかり並んだ埋め立て地年老いた資本主義が眠ってる

春の海潮ゆく道が見えていて陽射しが引きずる感情がある

写経するように心を文字にして書き留めていた水仙の辺に

翡翠の青光る背(せな)見てしまう誰にも言わなかった苦しみのごと

何もかも喪ったような空だった桜が咲きかけだったたってことも

心には切り取り線がついていて少しずつ切って捨てる外側

マグノリア

蠟色の香りも包み白木蓮(はくれん)は芯を隠したまま燃えている

はなびらは茶色くなって地に落ちる死別なら美化できるそののち

「悪かった」　春はずるりと闌けてゆき幾片(ひら)か踏む白木蓮の肉

はるの日のリリオデンドロン手のひらの形の葉陰にくちびる開く

帽子かぶるような気持ちに誘われて泰山木の咲く下に立つ

七夕

星の無い夜に落としたものがある二度と拾えぬ分かっていたさ

牽牛と織女会う夜は星動く　信じていたる少女期ありき

星たちは距離を保って想い合う　否、触れなければすぐ死ぬ愛は

一年は長い会えない触れられない愛されているか知る術も無い

手を伸ばし叩きたかった遠かった閉じられたドアの向こうで人は

星のよう小さな白い朝顔が知らないいんだねふふふ　ふふ　ふふ

にこにこと私と話をしていたな月の裏には開く両脚

火星近づく夜には肌が荒れること知らずに見ていた鏡の私

看

六道の辻のようなる騒がしさ看護師患者医者死者歩く

心臓を触られ続け天井に赤い粒々無数に浮き出る

燃やしたら無くなってしまう骨だろうカーネーションの茎に似た節(ふし)

きれいごとでいいから好きと言ってみて空から湧き出た雲がちぎれる

曇りでもカーテン越しでも午(ひる)は来て本のページは白を反射す

足

歩いてもいいと言われて骨折後七週間の足に全荷重

一瞬であっても載せる全体重左右交互に　歩くためには

カンファレンスとconferenceは同じものオタマジャクシと御玉杓子も

銀板に載せられ人体よぎりゆく陽光あふれる狭き回廊

「いや帰る」「今日はこちらの病院にお泊りいただきます」「いや帰る」

アカウントの持ち主死んでぼんやりとこの世に灯る無数のブログ

萩

薔薇色の雲薔薇色に咲く空の何かが欲しかった私はいない

青空に薄紅の雲浮く刹那ぎりぎりの感情が過ぎ行く

一瞬ののちには空は暗かった心から絞り出す何も無く

苦しみの終わるところに夏の雪降るのだろうか　雲光る空

金盞花枯れ残ってる鉢のなか身体という名の心をケアす

萩の花群れ咲きながら静止して日本人というマインド・コントロール

楠

刃にも似た思いに疲れ見上げいる駅前の楠は枝を拡げて

飴色の羽根を伸ばしたその中に胴を沈めて蟬が死んでゆく

その時もそうだったそしてあの時も　曼珠沙華ぞくぞくと起き上がり咲く

草花に異界など無し曼珠沙華なにを見てきたと言って咲くのか

限り無くむしり取るよう何頭も何頭も蝶が身体から発つ

過

今日もまた黄金（きん）と赤とが散るだろう明るい秋という言い訳に

桜紅葉に沿い歩く時何千の赤い舌先細かく揺れる

ＡＴＭは小さな氷山うつむいて冷えて汚れた紙幣を摑む

斜めに傾いて全ての売り場を眺めていたお金で買える言葉探して

言葉とは心滅ぼす海の潮渦巻く水に耳を尖らす

二十二年最寄りだった駅通過する　駅を灯台と思っていた日々

大丈夫？って誰もがすぐ聞く考えずすぐに答えるうん大丈夫

きっと薬が眠らせてくれるはずだから隙間に硬く身を横たえる

欠

チャーリー・ワッツ死んでしまった赤く立つカンナの花の錆びゆく夜へ

メンバーが一人ずつ欠け配信の音の尖りの差に耳は開(あ)く

三日前のミック・ジャガーを見つめおり最後の一人になるまでストーンズ

ねずみ

墨の絵に白いラットは描かれて小さな頭そこだけ黒い

『養鼠玉（ようそたま）のかけはし』（一七七五）

髫の子は竹の籠提げ興奮すペットの鼠を買い与えられ

江戸時代も売れていたのは実用書　文よりイラストははるかに詳細

北斎漫画　緩衝材に詰められてやきものの荷がパリへと届く

浮世絵を美術品として見ているは後の世の人たとえばわれ（ら）

大阪の川は深い川水面を叩いてモーターボート一機過ぐ

第二章（二〇二三）

犬

歌集から貼られた付箋剝がす時私に貼られた付箋も剝がす

殺処分するため連れて来た犬と記念写真を撮る人もいる

飼っているウサギ奪われ猟犬に投げられる夢　夢から醒めず

猟犬は追い詰めるとき舌を出す自らを覆うごとき広さに

黄金のうたた寝の昼濃紺のしんと冷たい夜は目覚めて

白薔薇の三十五枚　花びらは螺旋階段眼は昇りゆく

この身体で私は死ぬまで行きましょう小舟ゆらゆら櫂すら無くて

手

息とめた観葉植物根元には色とりどりのビー玉置かれ

手の甲にちらちらピンクのラメが浮き泣いていたのださっきの私

握りしめた拳を開くように咲くさざんか　散れば踏まれるのみの

手が伸びて土の下から足首を摑まれたまま二年が過ぎた

冷えた身体をずっと自分で温めて石の広場に陽が射すまでを

忘れない　空が胸元開くまま春の雹音立てて地を打つ

さみどり

人恋うは肉を恋うこと揚げ雲雀わがのどを抜け空へ　仰向く

どの案件も炎上させてストレートネックのヒースクリフの前髪

白木蓮(はくれん)の白の隙間をもれてくる空青過ぎて息が苦しい

鬱金香という呼び名が好きだ子らの描く花の姿は文様に似て

植木鉢の中でのみ咲くチューリップ人は自分の内側で死ぬ

明るし声は私の上にあるからかさみどりのまま流れて消える

若い

十代の頃『アンナ・カレーニナ』を読んだ。若過ぎたのか。
登場人物の心理が理解できない。

配偶者は薄れゆく虹こころなど持たぬものだと決めつけられて

夫（カレーニン）には無い滝だった夫（カレーニン）には黙礼をしたすれ違うのみ

ヴロンスキーに妻子がいても抱かれたか滝を見たことはなかったと言い

楽譜産みただれた無数の穴を産む白い腹すべて知ってしたこと

唯一理解できたのは、ヴロンスキーにとってはアンナの死より、
自身の虫歯の痛みの方が切実な問題だったということ。

小説の中だからこそ死ぬアンナ現実にはその唇(くち)をぬぐって

元にいた場所に戻って手触りや息遣いなど咀嚼している

椋鳥と声の記録は自らを吊るす釘になる　灰色の夕

一番若い者が最後の証言者　聞こう　透明な虹になっても

いずれ四人とも死ぬ。その後はただの物語。

白

此処こそを私の駅と決めた駅入り口さえぎるように木が立つ

幹に生えた緑の苔もひび割れて枝は駐輪場の上へと

三本に分かれた幹の一本は根元だけしか残っておらず

切り株から幾本か枝細い枝こごった脂(やに)は幹に貼りつく

ああこの木桜だったと気づく時幾千の花の白思い出す

桜の下に入ると桜が見えなくて失くした過去だけぼんやり浮かぶ

出来合いの言葉で心語るから読んだら捨てて桜のように

きらきらと切り刻まれた過去が散る花びら一枚ずつが写真だ

黄

用水路はいつしか川に釣り人の釣り糸のそば鷺が佇む

アブラナかナノハナか道に咲き続き車の窓に打ち寄せてくる

コンクリートの塀の隙間の下水路に水見えぬまで水草繁る

月曜に土手の草刈る車あり火曜には無し農道の脇

揺れていた菜の花おおよそ刈り取られ川面に白いレジ袋浮く

暴力はきっと菜の花繰り返し揺れる様子が再生(リプレイ)されて

夕刻に雨降り始め農道の路肩の泥がゆるまってゆく

蒼天

大切に育てたつもりの木は枯れた樹皮に手を当てしばらくをいた

鉈で切られた枝もそのままあの日見た蔦の赤さは木にはりついて

共に老いゆくことはない花を吸う虻を見ている実家の庭に

生垣の緑すべてが鏡面となってこの世に反射している

黒い骨直角に曲げ直線を曳いて飛び交う燕　蒼天

花束をほどいて死より還元す傷ついた茎を水へと放つ

香りは脳にじかに囁くものだからクリーム色の薔薇を窓辺に

夢を見るために寝ているようなもの二人つくった家族の頃の

子を抱いた私と君が壁にいる裏返すとき錆びた画鋲は

平凡というものがもしあるならばうさぎを抱かせに行く動物園

枯れ切っていない花びら冷たくて指には沿わず床へと落ちた

鳥たちよ来て喰いちぎってくれここにある私の肉を冷えゆく肉を

本当の不幸になれないことこそが不幸　花水木ずっと咲いている

家

洋風の白柵はみ出す赤あじさい　少女がピアノを習った昭和

チロリアンテープを母が縫いつけたレッスンバッグにバイエル入れて

そうだった覚めれば私の家だった私と君の家ではなくて

四囲狭め染まり始める紫陽花の額の尖りに指触れている

刈り込まれ躑躅は丸くうずくまり何が悪いか分からぬと言う

石と石の間を白くためらわず家を縁取り生える蕺（どくだみ）

正気

高校時代の偶像セックス・ピストルズ

ジョン・ロットン老いて太ってフェスに来たあんなに尖ってた安全ピン

テームズを下る船（ボート）に鳴るバンド未来は無いと　今その未来

映画『SAD VACATION　ザ・ラストデイズ・オブ・シド&ナンシー』

反吐まみれのシドとナンシー知らざりし正気は鈍器わが手に重い

「吐き気を催す女」ナンシー・スパンゲン

四十年経て見るナンシー幼くて普通にずるく生きても良かった

「彼らはパンク界のロミオとジュリエットだ」

どんな二人も死なばロミオとジュリエット枯れ葦の間(あい)小舟が進む

何歳になってももちろん抱くと言い川波の中呑み込まれゆく

脳が焼けるようだと思っていた日々はまだここにある　揺れる蔓草

沈黙を　枝にびっしり貼り付いて木を抑え込む山法師の白

致死量の青を湛えて雫するあじさいはあり庭の木の下

何度でもよみがえりいつも新鮮な苦しみに似て雨のあじさい

変われないこともどかしくアナベルはいつまでの白寒い首たち

髪の毛は一本一本光るけど光の束ではないのだとだけ

ユキノシタのちぎれた指のような花摘むことはない見下ろしている

ちらほらとユキノシタ生えているあたり池の近くの苔むすあたり

症状が私を超えて駆り立てる睡蓮は深くここにいるのに

アネモネ

アネモネの眼が揺れている見たことを語れ語れと風に煽られ

情熱と受難は同じ英語にて割(さ)かれた蘂に咲く時計草

朝毎に上へ上へと蔓を行く時計草の花通勤路にあり

外来種ナガミヒナゲシ赤く咲きタカサゴユリが白く咲く道

出来る事だけでもしようと思うのに光の舌が手を舐めに来る

汚れたコーヒーカップを洗わずに持っていただけ言葉を入れて

歌は墓碑死んだ私が下にいる心を込めて季節の花を

夏椿

夏椿これが普通と思ってた咲いても咲いてもただ散るばかり

水掬うとき透き通る手のひらの形のままに次々と散る

もう過去のことにすぎない抱擁の一つ一つが落ちて行く花

君にかけた心はしろいなつつばき過剰に咲いて枝が捨て去る

白椿散って静かな苔の庭　空気を打って大アゲハ来る

東林院みどりの苔のなめらかさ　庭を見る人誰もが寡黙

迷宮

クレタ島のクノッソス宮殿に行ったことがある。
真夏なのにそこだけが寒かった。

土壁に牛の仮面が続きゆく陽の射し込まぬこの迷宮に

双頭の斧が額に触れていた　ここにいるべきなのだ　死ぬまで

腕時計まとわぬ君の一生(ひとよ)なら水晶回るように出会った

藤色の空からこぼれ落ちそうな満月　君が指差す方に

胸に草の風が来る時あの日々の君のよう樹々は緑、みどりの

風が私を冷やしていった。窓の辺の二人の写真のところまでずっと

雨そしてその心臓に降ってくる冷たい銛は見えないままに

私の夫を奪いたいという歌だった　○（マル）付けていた　寂しく閉じる

風の音それとも錆びたオルガンか頭蓋の罅を震わせて鳴る

滝に会いに出かける君の水色の心躍りは歌に残って

繰り返し歌は聞こえてくるだろうダム湖に投げる黒い花束

踵から湿った花に埋もれゆく私　君にはそれでよかった

迷宮の底で見たのは私しか知らない顔だ燃え上がる顔

握られた方位磁石は君のもの正しい針路も君のみのもの

アンスリウムの清さが痛い蠟燭のように立ったまま燃えるから

自分を燃やし続けたことを愛だとかアンスリウムは疑わず咲く

螺旋成す階昇る面降(くだ)る面　足裏だけが君とすれ違う

アリアドネ女の友の投げる糸　言葉つかんでつたって外へ

手の上の焼け焦げる石焼けるまま　捨てればいいと私が言った

ある瞬間ふっと自由になるように幻滅するかもしれない　ひとに

まだ何とかなると思っていた頃のヴォーリズの塔さるすべりの紅

愛ではなく支配愛ではなく依存さるすべりの花こぼれ続けて

幸

チャールズⅢ世戴冠

幸せでないから人を幸せにしたいと言ったダイアナ　死にき

何らかの意味持つ物語となして他人の生をわれら消費す

地に落ちる時には同じ低く咲く草の花また梢の花も

濃(こ)みどりの柑橘高きに　欲しかったやさしさなどは元々無かった

半夏生半分白い群れながら絡まりながら湿地に生える

きっと空が知ってくれているはずだから半夏生半分水の中

まなざしは深い疲れに変わりゆく駆け登る夏の雲よ眩(まばゆ)く

バレエ小品　〜ヨーヨー・マの演奏に乗せて〜

ハリケーンが近づいている

隠された川があるから踊るひと放たれていく爪の先から

かの川が私の暗渠と響き合うハリケーン来る前の曇天

雨に濡れることがあなたを美しくさせるのか伸ばされた指先

肉体が白鳥になる瞬間のチェロよ腕（かいな）は羽ばたきの中

元々サン＝サーンスは「瀕死の」白鳥を描いてはいない
翼上げしゃがんでいけば丸くなるまでに膨らむ腿、脹脛

決して鳥にはなれぬこの身の苦しみのビブラートと共に動く手首は

ずぶ濡れの黒スニーカー高く上ぐ街路樹の枝かぜになびくまま

道路へと彼は手を触るわが内の湖面の傷が打ち寄せてゆく

憎むたび恨むたび傷つけていた自分自身を　揺れるチェロの音

アスファルトの水たまりの上打ち合わす脚は嵐を残像として

賀茂川

秋の陽のきらめく街路千匹の金色の亀が道渡り行く

ごく浅く賀茂川流れ今ここの生の全てが冗談のよう

でも川はずっと流れていたのだろう橋の上には人ら行き交い

上流にまた橋がありその上（かみ）にまた橋がある　北山に雲

雲を見て呼び止めそして抱きしめてその後私にある擦過傷

部屋

私の眼で選んだ服が吊るされるハンガーラック少し傾き

子の部屋は今もそのまま「ふしぎふしぎ実験セット」が棚におさまる

本積まれた私の机歌を詠み評論書いて君と話した

幾冊か本を抜き取る　評論をお互い読み合うことはもうない

ベランダの朝顔今年も咲いたろう私のいない初めての夏

幸せな家族であったこともあるあの頃床にはレゴ落ちていた

昔義父がくれた手紙のやさしさよ読み返しまた箱へと戻す

切られたら二度と元には戻らないそこにあったとしても結び目

断ち難き子の両親という絆　三人が一人と一人と一人に

借りていた駐車場に草　毎日をエンジン止めて降りたのだった

靴紐

かばん提げ駅への道をたどる朝ほどけた靴紐結ばないまま

掃き清められた駅への道の辺に咲き分けの椿その下を行く

白椿紅白椿一つ木に　一つの木だと今朝に気づいた

教会の跡地に立った鉄柵をざっと飛び立つ雀　十ほど

乙女椿垣根を越えて咲いてくる薄桃色であった時間よ

うすももに八重に重なる花の横ふかくしゃがんで靴紐結ぶ

老木のカイヅカイブキ刈り込まれその下に立つ白い水仙

桜の木見えればそこが駅だから階段のぼって出て来る人ら

ゆっくりと冬の桜は呼吸して幹に手を触れなくても分かる

エレベーター横の時計が見えてくる　文字盤の６少し汚れて

駅前の小さな公園横切って制服たちが走って行った

青

円描き曲がる階段その壁に薄橙のあかりが灯る

階段の壁に飾った絵皿には一本線で描かれた鳥

鳥の絵に画家の名は無く絵の線と同じ筆にてセビリアとのみ

地中海に沿う海岸を地図で見るローマの遺跡画家たちの村

絵葉書の中で輪になり踊る人　うずくまる人　青色の人

マティスが私の上に青を塗り輪郭さえも潰してしまった
切り紙はあざやかな色南仏の光のしぶきが絵から溢れる

捨

バレリーナみたいなシニヨン結い上げた少女出て来るバレエ教室

早足で走り去る時少女とはセキレイ　横断歩道に向かう

花々は幾何学模様に刺繡され少女の頃のハンカチの中

スカーフを畳んで仕舞う　黄金色(きんいろ)の女神の髪に指滑らせて

自分の身体で汚した服を捨ててゆくシュシュも丸めて花のように捨てた

あとがき

何年か前にコンタクトレンズをやめた。眼鏡はあまりかけず、ほとんどを裸眼で過ごしている。そのせいか見えないものもあった。見えなかったものを短歌の形で捉えたい、そう思って三年間、歌を作ってきた。歌集としてまとめることで、それらが形になればと思う。

これは私の第五歌集です。二〇二〇年末から二三年末までに制作した三八六首を収めました。年齢で言えば五十八歳から六十一歳にあたります。この三年の間に、子は成人し、家族の形は変化し、長年勤めた教職を定年退職しました。公私ともに変化の多い時期でした。

歌の仲間をはじめ、支えてくださった方々に深く感謝します。

二〇二四年三月三十一日

川本千栄

【初出一覧】

平和的　『角川短歌』二〇二一年三月号
小さな私　『うた新聞』二〇二一年四月号
偽の城　『短歌往来』二〇二一年七月号
川　『歌壇』二〇二一年八月号
火　『短歌往来』二〇二一年十二月号
北からの風　『塔』二〇二二年四月号　第十二回塔短歌会賞候補作
海　『短歌往来』二〇二二年二月号
七夕　『短歌往来』二〇二二年七月号
欠　日本歌人クラブ『風』二〇二三年一月号
若い　『角川短歌』二〇二三年五月号
蒼天　『うた新聞』二〇二三年六月号
正気　『短歌研究』二〇二三年八月号
夏椿・迷宮　『短歌往来』二〇二三年十月号
バレエ小品　『現代短歌』二〇二四年三月号

これら以外の作品は『塔』の月詠などから構成した。

著者略歴

川本千栄（かわもと ちえ）

1962年生まれ

1998年「塔」短歌会入会。現在、編集委員

2002年第20回現代短歌評論賞受賞

歌集『青い猫』（第32回現代歌人集会賞）『日ざかり』『樹雨降る』

『森へ行った日』（第30回ながらみ書房出版賞）

評論集『深層との対話』『キマイラ文語』

歌集　裸眼（らがん）

塔21世紀叢書第448篇

初版発行　2024年7月25日

著　者　川本千栄
発行者　石川一郎
発　行　公益財団法人　角川文化振興財団
〒359-0023　埼玉県所沢市東所沢和田3-31-3
ところざわサクラタウン　角川武蔵野ミュージアム
電話 050-1742-0634
https://www.kadokawa-zaidan.or.jp/
発　売　株式会社　KADOKAWA
〒102-8177　東京都千代田区富士見2-13-3
電話 0570-002-301（ナビダイヤル）
https://www.kadokawa.co.jp/
印刷製本　中央精版印刷株式会社

ISBN978-4-04-884605-9 C0092